18 mai 1885 P

VENTE DU LUNDI 18 MAI 1885

A 3 HEURES PRÉCISES

HOTEL DROUOT, SALLE N° [illegible]

Intéressante Réunion de TABLEAUX, AQUARELLES & DESSINS MODERNES

Me LÉON TUAL, Commissaire-priseur.

M. BERNHEIM Jeune, Expert.

CATALOGUE

DE

TABLEAUX MODERNES

PAR

Beauquesne, Boudin, Berne-Bellecour,
de Beaumont-Baron, Boldini, Chaplin, Chintreuil, Daubigny,
Delort, J. Dupré, Fichel, Fortuny, Harpignies,
Innocenti, Ch. Jacque, Jeannin, Madelaine Lemaire,
P. Lazerges, Linder,
Maincent, Veyrassat, Vuillefroy, Yon, etc., etc.

DONT LA VENTE, AURA LIEU

HOTEL DROUOT, SALLE N° 5

Le Lundi 18 Mai 1885

A TROIS HEURES PRÉCISES

Par le ministère de **Me LÉON TUAL**, commissaire-priseur
39, rue de la Victoire.

Assisté de **M. BERNHEIM jeune**, expert
8, rue Laffitte.

EXPOSITION

Le Dimanche 17 Mai 1885

DE 1 HEURE 1/2 A 5 HEURES 1/2

Ce Catalogue se distribue à Paris :

Chez **Mᵉ LÉON TUAL**, commissaire-priseur,

30, rue de la Victoire, 30

Chez **M. BERNHEIM jeune**, expert,

8, rue Laffitte, 8.

CONDITIONS DE LA VENTE

Elle sera faite au comptant.

Les adjudicataires payeront *cinq pour cent* en sus des enchères.

Paris. — Imp. de l'Art, E. Ménard et J. Augry
41, rue de la Victoire

DÉSIGNATION

AMOROS

1 — *Intérieur de ferme.*

Toile. Haut., 45 cent.; larg., 60 cent.

BARON

(H.)

2 — *La Musique.*

Bois. Haut., 47 cent.; larg., 31 cent.

BEAUMONT

(ED. DE)

3 — *Découvrir saint Pierre pour couvrir saint Paul.*

Dessin rehaussé d'aquarelle.

BEAUQUESNE

4 — *Les Grandes Manœuvres.*

Bois. Haut., 17 cent.; larg., 54 cent.

BEAUQUESNE

5 — *Le Trompette.*

Bois. Haut., 32 cent.; larg., 22 cent.

BEAUVERIE

6 — *Benaetz (Loire).*

Toile. Haut., 37 cent.; larg., 60 cent.

BEAUVERIE

7 — *Vallée d'Optevos, après-midi.*

Toile. Haut., 37 cent.; larg., 61 cent.

BOUDIN

8 — *Marine.*

Bois. Haut., 24 cent.; larg., 33 cent.

BOUDIN

9 — *Marine.*

Bois. Haut., 24 cent.; larg., 33 cent.

BERNE-BELLECOUR

10 — *Pâques fleuries.*

Dessin à la plume.

BERNE-BELLECOUR

11 — *Clairon de chasseurs à pied.*

Très beau dessin à la plume.

BILCOCQ

(A.)

12 — *L'Empirique.*

Toile. Haut., 60 cent.; larg., 73 cent.

BOLDINI

13 — *La Parisienne.*

Bois. Haut., 29 cent.; larg., 19 cent.

BRAKELER

(A. DE)

14 — *Jalousie.*

Haut., 30 cent.; larg., 39 cent.

CHAPLIN

(CH.)

15 — *La Peinture.*

Entourée de nuages, une jeune fille, de rose habillée, les jambes nues, peint un Amour, qu'on aperçoit à droite, appuyé sur son arc.

Dans le fond perdu dans les nues, un autre Amour tient les pinceaux.

Très belle réduction du tableau brûlé lors de l'incendie des Tuileries en 1871.

Toile. Haut., 25 cent.; larg., 33 cent.

CHAPLIN

(CH.)

16 — *Ninon.*

Important dessin à la plume.

CHINTREUIL

17 — *Paysage.*

Toile. Haut., 45 cent.; larg., 60 cent.

CHINTREUIL

18 — *Soleil couchant.*

Toile. Haut., 27 cent.; larg., 41 cent.

CHINTREUIL

19 — *La Prairie.*

Toile. Haut., 37 cent.; larg., 66 cent.

CHINTREUIL

20 — *Au bord de l'eau.*

Toile. Haut., 38 cent.; larg., 45 cent.

CHINTREUIL

21 — *Le Matin.*

Toile. Haut., 26 cent.; larg., 40 cent.

COURTAT

(L.)

22 — *Avant le bain.*

Toile. Haut., 64 cent.; larg., 41 cent.

DAUBIGNY

23 — *Marine.*

Bois. Haut., 16 cent.; larg., 28 cent.

DAUBIGNY

24 — *Le Pâturage.*

Bois. Haut., 41 cent.; larg., 58 cent.

DE HEM

25 — *Nature morte.*

Toile. Haut., 96 cent.; larg., 72 cent.

DELORT

26 — *Attributs de la musique.*

Dessin à la plume.

DUPRÉ

(J.)

27 — *Bords de l'Oise.*

De grands arbres et quelques chaumières, puis des hauteurs qui se confondent à l'horizon avec le ciel couvert de nuages blancs. Un pêcheur accroupi dans sa barque prépare ses filets. L'eau frémit, et une légère brise passant dans les airs agite le feuillage des arbres.

Toile. Haut., 17 cent.; larg., 27 cent.

FICHEL

28 — *La Halte.*

Composition importante de quinze figures.

Bois. Haut., 38 cent.; larg., 54 cent.

*

FORTUNY

29 — *Place de la Realjo Bajo. Grenade.*

Bois. Haut., 28 cent.; larg., 16 cent.

FORTUNY

(E.)

30 — *Côte de San Cecilia. Grenade.*

Bois. Haut., 17 cent. 1/2; larg., 12 cent.

FRANCÈS

31 — *La Conversation.*

Aquarelle.

FRANTZ

32 — *Effet de lune.*

Dessin.

FRANTZ

33 — *Vue de Venise.*

Aquarelle.

GILBERT

(A.)

34 — *Nature morte.*

Bois. Haut., 11 cent.; larg., 16 cent.

GROS

(J.)

35 — *Vue de la Seine.*

Toile. Haut., 40 cent.; larg., 64 cent.

GROS

(J.)

36 — *La Mare.*

Toile. Haut., 60 cent.; larg., 40 cent.

HANOTEAU

37 — *Paysage avec animaux.*

Haut., 26 cent.; larg., 33 cent.

HARPIGNIES

38 — *Le Chemin du village.*

Une charrette attelée de deux bœufs vient de s'arrêter au bas d'un grand chemin, bordé par des prairies où paissent quelques moutons.
Au second plan quelques personnes descendent vers le village.
Dans le fond des meules de blé.

Toile. Haut., 50 cent.; larg., 75 cent.

INNOCENTI

39 — *La Bourrée.*

Bois. Haut., 21 cent.; larg., 28 cent.

INNOCENTI

40 — *La Jolie Cabaretière.*

Bois. Haut., 20 cent.; larg., 25 cent.

INNOCENTI

41 — *La Partie de cartes.*

Bois. Haut., 20 cent.; larg., 25 cent.

INNOCENTI

42 — *La Paix.*

Bois. Haut., 29 cent.; larg., 22 cent.

INNOCENTI

43 — *La Guerre.*

Pendant du précédent.

Bois. Haut., 29 cent.; larg., 22 cent.

INNOCENTI

44 — *Fête champêtre.*

Bois. Haut., 26 cent.; larg., 40 cent.

JACQUE

(CH.)

45 — *Intérieur de bergerie.*

Au premier plan une brebis ayant à ses côtés son petit, est en train de se désaltérer. Au fond de l'étable, un agneau au râtelier.

Bois. Haut., 20 cent.; larg., 25 cent.

JACQUE

(CH.)

46 — *La Fermière.*

Une jeune paysanne à la porte d'une ferme donne à manger à ses poules.

Bois. Haut., 32 cent.; larg., 24 cent.

JACQUE

(CH.)

47 — *Le Pâturage.*

Toile. Haut., 19 cent.; larg., 27 cent.

JACQUE

(CH.)

48 — *L'Abreuvoir; effet de nuit.*

Bois. Haut., 34 cent.; larg., 48 cent.

JACQUES

(CH.)

49 — *La Bergerie.*

Toile. Haut., 14 cent.; larg., 24 cent.

JACQUES

(CH.)

50 — *Cerfs à la lisière d'un bois.*

Très beau dessin rehaussé.

JEANNIN

(G.)

51 — *Roses.*

Toile. Haut., 95 cent.; larg., 74 cent.

LAVIEILLE

(EUG.)

52 — *La Seine à Moret-sur-Loing.*

Haut., 23 cent.; larg., 35 cent.

LAZERGES

(PAUL)

53 — *Égyptien.*

Bois. Haut., 25 cent.; larg., 16 cent.

LAZERGES

(PAUL)

54 — *Le Repos.*

Souvenir d'Algérie.

Bois. Haut., 63 cent.; larg., 52 cent.

LAZERGES

(PAUL)

55 — *Voyageur arabe.* 300 150

Bois. Haut., 48 cent.; larg., 37 cent.

LAZERGES

(PAUL)

56 — *La Récolte.*

Bois. Haut., 26 cent.; larg., 40 cent.

LAZERGES

(PAUL)

57 — *La Prière.*

Bois. Haut., 24 cent.; larg., 15 cent.

LAZERGES

(PAUL)

58 — *Jeune Arabe.*

Bois. Haut., 14 cent.; larg., 10 cent.

LAZERGES

(PAUL)

59 — *Jeune Kabyle.*

Bois. Haut., 25 cent.; larg., 16 cent.

LAZERGES

(PAUL)

60 — *Tête d'Arabe.*

Bois. Haut., 25 cent.; larg., 19 cent.

LAZERGES

(PAUL)

61 — *Dans l'Oasis.*

Toile. Haut., 43 cent.; larg., 64 cent.

LAZERGES

(PAUL)

62 — *Marchand arabe.*

Toile. Haut., 63 cent.; larg., 48 cent.

LEMAIRE

(MADELAINE)

63 — *Fleurs.*

Aquarelle.

LINDER

64 — *Tête de jeune femme.*

Bois. Haut., 24 cent.; larg., 15 cent.

MOUCHOT

(L.)

65 — *Les Victuailles.*

Bois. Haut., 34 cent.; larg., 26 cent.

MAGNUS

(E.)

66 — *Bords de la Seine, à Vaux.*

Toile. Haut., 37 cent.; larg., 54 cent.

MAGNUS

(E.)

67 — *Vue prise à Eaubonne.*

Toile. Haut., 36 cent.; larg., 54 cent.

MAINCENT

(G.)

68 — *Crépuscule.*

Toile. Haut., 51 cent.; larg., 63 cent.

MAINCENT
(G.)

69 — *Montmartre.*

Toile. Haut., 45 cent.; larg., 63 cent.

MERWAERT
(P.)

70 — *La Nuit.*

Toile. Haut., 90 cent.; larg., 75 cent.

MERWAERT

71 — *Eumède blessé.*

Toile. Haut., 55 cent,; larg., 45 cent.

MERWAERT

72 — *Au rendez-vous.*

Toile. Haut., 65 cent.; larg., 40 cent.

MERWAERT

73 — *Chaperon-Rouge.*

Toile. Haut., 65 cent.; larg., 40 cent.

PINELLI
(DE)

74 — *Un Soir dans le désert du Sahara.*
Panneau.

PINELLI
(DE)

75 — *La Rue des Orangers.*
Panneau.

RICHET
(LÉON)

76 — *La Mare.*
Bois. Haut., 37 cent.; larg., 55 cent.

RICHET
(LÉON)

77 — *Le Chemin de la forêt.*
Toile. Haut., 41 cent.; larg., 63 cent.

RICHET
(LÉON)

78 — *La Chaumière.*
Toile. Haut., 39 cent.; larg., 58 cent.

SAUNIER

(O.)

79 — *Le Lièvre qui a peur de son ombre.*

Aquarelle.

SAUNIER

(O.)

80 — *Bords de la Seine ; soleil couchant.*

Aquarelle.

VEYRASSAT

81 — *Moret.*

Bois. Haut., 28 cent.; larg., 32 cent.

VEYRASSAT

82 — *Chevaux de halage.*

Monté sur un de ses deux chevaux, un paysan vient de s'arrêter devant la porte d'une maison et écoute les conseils que lui donne une fermière. Des poules picorent autour des chevaux.

Dans le fond, des champs bordés par de gros arbres, où des moissonneurs cherchent le blé.

Bois. Haut., 32 cent.; larg., 41 cent.

TRAYER

83 — *La Jeune Mère.*

Toile. Haut., 52 cent.; larg., 41 cent.

VUILLEFROY

84 — *L'Abreuvoir.*

Toile. Haut., 50 cent.; larg., 60 cent.

YON

(E.)

85 — *La Seine aux Andelys.*

Toile. Haut., 35 cent.; larg., 60 cent.

86 — Sous ce numéro plusieurs tableaux non catalogués.

www.ingramcontent.com/pod-product-compliance
Ingram Content Group UK Ltd.
Pitfield, Milton Keynes, MK11 3LW, UK
UKHW021036200726
13857UKWH00005B/1761